KB162110

시적 명상 에세이

# 사막 수업 82장

시적 명상 에세이

# 사막
## 수업
### 82장

정효구 지음

푸른사상
PRUNSASANG

나도, 세상도, 너무나 소란스럽다. 참마음을 지닌 사람, 그런 사람들의 마을과 세상을 찾아보기가 점점 더 힘들다. 석가모니 붓다께서 말씀하신 '말법 시대'라는 말을 새삼 떠올려본다. 또한 과학자들이 말하는 엔트로피의 원리를 심각하게 사유해본다. 그렇게 해도 인간과 그 세상에 대한 이해는 어렵고, 그런 현실 속에서 사는 일은 늘 아프기만 하다.

지난해 2월, '시적 명상 에세이'라는 이름 아래 『파라미타의 행복』이라는 제목을 붙여 한 권의 책을 출간한 바 있다. '파라미타'라는 불가의 최종 수행길에 마음을 두고 어떻게 하면 이 욕계에서의 난처함과 그 업장을 해소하고 한 가닥이나마 '파라미타의 행복'에 도달할 수 있을까를 경험과 상상과 원력에 의지하여 써본 명상록이다.

이 책 속의 글들을 쓰는 과정에서 나는 아주 조금씩이나마 파라미타의 길을 다듬으며 나아갔고, 그것을 다듬는 시간은 다른 차원의 세계를 만나는 여정이었다.

그러나 인간 된 자의 내면과 삶은 잠시도 게으름을 피울 수 없는 고단한 운명 속에 놓여 있다. 출가인들이 끊임없이 일념정진하듯, 파라미타의 길을 유지하고 발전시키며 앞으로 나아가고자 하는 노력이 지속되지 않는 한, 그간의 공부는 짧은 기간 내에 날개 없이 추락하는 형국을 맞이하게 된다.

나는 출가인도 아니고 전문적인 수행자도 아니지만 이 파라미타의 길을 본 자로서 그 길의 부름을 놓을 수가 없다. 나는 끊임없이 들리는 그 부름의 소리에 응답해야 했고, 내 안에 살아 있는 아주 작은 파라미타의 도량이나마 계속 다치지 않게 품고 가꾸며 살아야 했다.

내게 이런 응답과 품음의 일은 내가 그간 해왔던 '글쓰기'라는 방식을 통하여 나타날 수밖에 없었다. 글과 글쓰기야말로 내게 가장 익숙하게 학습된 세계이고 도구이기 때문이다.

올해는 참 많이 허덕였다. 몸도 마음도 새 국면을 요구하듯이 이전과 다른 소식을 수시로 알려왔다. 그러나 가만히 생각해보면 이런 일이 있을 때마다의 나는 내적으로 깊이 방황하고 있었던 것이다. 그야말로 파라미타의 길을 잃고, 본래자리로 귀가하지 못한 채, 객수인(客愁人)이 되어 세상을 낯설어하고 아파하며 힘겨워하고 떠돌았던 것이다.

나는 이런 나를 진단하고 위로하며 나 자신을 본래자리로 귀가시키기 위하여 이번 책을 다시 쓰기 시작하였다. 그것은 오랫동안 내 마음의 성지(聖地)로 품고 다녔던 사막을 다정하게 응시하며 그의 속 깊은 소리를 들리는 대로 정직하게 받아 적어보기 시작하는 것으로 나타났다. 내게 사막이 이토록 구체적이며 큰 울림을 지니고 들어오기 시작한 것은 1990년대 중반 무렵, 이스라엘과 이집트 등을 여행하면서부터이다. 물론 그 이전에도 사막은 내게 교과서적인 지식과 추상적인 이미지로나마 매혹적인 곳이었고 도달하기 어려운 곳이었다.

그 이후 몇 차례의 사막 여행을 할 때마다 나는 사막에 대책 없이 이끌렸다. 이 난처한 지구별에 이런 곳이 있다는 것이 정말 믿기지 않았다. 아니, 너무나도 황홀하고 신비로웠으며, 또한 감격과 감동을 가져다주었다.

사막! 그간 내가 삶과 문학과 글쓰기를 통하여 대책 없이 이끌렸던 자연과 영성, 그 구체적인 실체로 내가 불러내서 각각 단행본으로 완성했던 도서 『마당 이야기』의 '마당'과 『바다에 관한 115장의 명상』의 '바다'가 청년기의 그것이었다면, 이번 책의 사막은 장년기나 그 이후의 것처럼 느껴진다.

나는 오랫동안 내 무의식의 깊은 곳에 애호의 감정을 넘어서서 신성의 세계로 자리했던 사막을 불러내어 그에 의지하고 그와 만나면서 허덕이던 나 자신을 본래자리로 귀가시키며 다독였다. 더 이상 기대할 것이 없는 평평한 자리에서 초연하게 존재하는 사막을 통하여 나는 일체의 내외적 비만함과 불순물, 불안함과 혼란스러움, 낯설음과 이물감, 분노심과 자괴감 등을 털어버리고자 하였다. 그리고 나를 속박하는 일체의 허상을 허상으로 알아 그것들을 그들의 자리로 되돌려보내고자 하였다. 그렇게 하는 동안 본래자리가 깨어나기를 기대하였다. 사막이라는 파라미타의 한 절정과 만나는 일은 여기에 직입하는 길을 열어주었다.

이런 경험 속에서 나는『사막 수업 82장』을 쓰게 되었다. 여기서 82장에 무슨 뜻이 있는 것은 아니다. 그저 내 마음의 물결을 따라가며 글을 쓰다 보니 이곳에서 마침표가 찍히며 더 이상 할 말이 없는 사람처럼 고요해졌다.

위와 같은 상태에서 이루어진 사막과의 만남은 내 삶과 글쓰기의 단호한 언사를 담고 있다. 물론 나는 앞으로도 계속하여 본래자리로 돌아가는 삶을 살고자 노력하고 또 그런 글을 써야 하겠지만 적어도 지금까지 이어진 나의 삶과 글쓰기의 여정을 놓고 볼 때 사막을 대면하고 쓴 이번의 글은 조금 과장한다면 '결사적'인 것이라 할 수 있다.

사막과의 이번의 만남은 내가 그동안 사막에 진 오래된 빚을 이제야 제대로 갚은 기분을 갖게 한다. 그리고 그간 애면글면하면서 살아온 삶과 글쓰기의 한 매듭을 여기서 맺어보게 하는 역할을 하고 있다.

『사막 수업 82장』을 통하여 나와 그대가, 그리고 우리들 모두가 본래자리로 귀가하여 참마음의 길을 걸어가는 자가 되었으면 좋겠다. 이 혼란스럽고 혼탁하고 위태롭기 그지없는 세상에서 우리가 인간 진화사의 새 장면을 발전적으로 열어가는 새 흐름의 앞선 순례객이자 도반이 되었으면 좋겠다.

사막은 인간적인 단견으로 보면 '버려진 땅'이다. 그러나 버려졌기에 제 모습을 지킬 수 있었던 역설적인 세계이다. 부족하지만, 나의 사막 수업이자 사막 명상의 글들과 더불어 본래자리를 탐구하고 만나는 작은 계기라도 독자 여러분께 찾아왔으면 하는 바람을 가져

본다.

　이번에도 푸른사상사에서 책을 내게 되었다. 나의 간절한 정신적, 영성적 '외길'을 지켜보고 후원하면서 격조 있는 책을 만들어 세상에 내보내주시는 한봉숙 사장님과 편집부의 여러분들께 깊은 감사의 마음을 드린다.

2022년 11월<br>
정효구

작가의 말 ● 5

## 제1부 그곳엔 아무 일도 없다

사막으로 이주하고 싶다　　　　　　　　　　19

사막엔 이름이 없다　　　　　　　　　　　　20

사막엔 생각이 없다　　　　　　　　　　　　21

사막에선 집을 짓지 않는다　　　　　　　　　22

사막엔 '늙은 영혼'이 산다　　　　　　　　　24

사막엔 무심한 만남이 있다　　　　　　　　　26

사막엔 애증이 없다　　　　　　　　　　　　27

사막은 오아시스도 번거롭다　　　　　　　　28

사막엔 육탈의 바람이 분다　　　　　　　　　29

사막에서 회복하다　　　　　　　　　　　　30

사막은 무향의 물성이다　　　　　　　　　　31

사막은 생명을 기다리지 않는다　　　　　　　32

사막은 단색이다　　　　　　　　　　　　　33

사막은 가볍다　　　　　　　　　　　　　　34

사막에선 거듭 죽는다　　　　　　　　　　　36

사막에서 우주사를 본다　　　　　　　　　　38

## 제2부 그곳엔 아무것도 없다

사막에선 모두가 수기(授記)를 받는다      41

사막은 금강석으로 빛난다      42

사막은 바라보는 곳이다      43

사막은 길을 반납한다      44

사막은 옷을 입지 않는다      46

사막은 저장하지 않는다      47

사막은 줄 것도 받을 것도 없다      48

사막은 사람을 키우지 않는다      49

사막 아래엔 사하촌이 있다      50

사막은 버려진 땅이다      52

사막에 접속하는 시간이다      54

사막은 젖지 않는다      56

사막을 명상한다      57

사막으로 인문대학을 이주시키고 싶다      58

사막엔 아무것도 없다      60

사막은 진화를 거부한다      62

제3부 그곳엔 아무 말도 없다

사막은 이름만이 사막이다     65

사막은 불모를 사랑한다     66

사막엔 낙타가 없다     67

사막은 편애하지 않는다     68

사막은 아무렇지도 않은 곳이다     70

사막은 멀다     72

사막엔 부러워할 것이 하나도 없다     73

사막은 주목받고 싶지 않다     74

사막은 힘을 쓰지 않는다     75

사막엔 두려움이 없다     76

사막은 자급자족을 권유한다     78

사막에서 무엇을 훔칠 수 있겠는가     80

사막엔 흔적이 없다     82

사막의 찰나가 있다     83

사막은 사막의 것이다     84

사막에선 말할 수 없다     85

제4부 그곳엔 아무 값도 없다

사막은 대지의 연금술이다      89

사막은 바다를 그리워하지 않는다      90

사막은 나이를 모른다      92

사막이 점점 넓어진다      93

사막에선 살생심이 사라진다      94

사막은 호객하지 않는다      95

사막은 표리가 없다      96

사막에 바벨탑이 있다      97

사막에선 누구나 조용해진다      98

사막에선 누구나 고요해진다      99

사막은 숨을 곳이 없다      100

사막에서 모래들이 유유상종이다      102

사막은 무소득의 공터이다      103

사막에서 돌아와 숙면하다      104

사막에서 존재를 씻는다      105

사막의 율법은 최소를 지향한다      106

제5부  그곳엔 아무 마음도 없다

사막에서 외경을 배운다      111

사막에서 귀가하다      112

사막에서 허열이 내리다      113

사막에서 엔트로피를 낮추다      114

사막에서 스스로 그러해진다      115

사막은 사회법을 모른다      116

사막에서 사라지다      117

사막은 기교 없이 산다      118

사막에서 눈물이 흐르다      120

사막엔 고독이 없다      121

사막에서 부끄러움을 잊다      122

사막은 궁금하지 않다      124

사막은 살지 않는다      126

사막은 인간사의 다른 문맥이다      128

사막은 해석을 버린다      129

사막은 건널 수 없다      130

사막에서 욕계 너머를 본다      131

사막으로 이주하다      132

제1부
····

# 그곳엔 아무 일도 없다

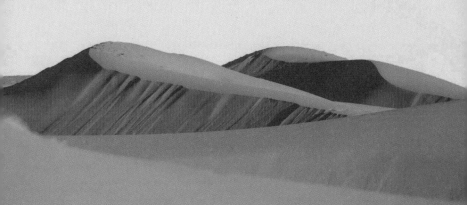

# 사막으로 이주하고 싶다

봄이 되어도 싹을 틔우지 않는 곳
욕망의 윤회가 끝난 곳

존재하는 것만으로 영원을 사는 곳
한 알의 미진(微塵)이 되어 그 속으로 스며들고 싶다

가만가만 숨 쉬는 것만으로도 일체가 구족한 곳
일 년 내내 눈을 감고 있어도 아무 일이 일어나지 않는 곳

그 단념(斷念)의 땅
그 무사(無事)의 땅으로

나도 사막의 시민이 되어 이주하고 싶다

# 사막엔 이름이 없다

그곳에선 누구도 이름이 없다

실체가 없으니 이름이 없고
자아가 없으니 성씨가 없고
사회가 없으니 호칭이 없고
문화가 없으니 관념이 없고
문명이 없으니 스스로를 불 밝힐 필요가 없다

인류사가 더 이상 화려한 춤을 추지 않아도 되는 곳
인간들이 더 이상 무리한 수사학을 익히지 않아도 되는 곳

낮이나 밤이나 아무렇지도 않은 곳
무사(無事)의 나라!
무적(無敵)의 세계!

# 사막엔 생각이 없다

생각이 일어나지 않는 곳
생각할 필요가 없는 곳
생각해도 소용이 없는 곳
생각으론 소통할 수 없는 곳

생각보다 먼저 탄생한 우주사의 세계
생각보다 더욱 진실한 무위사(無爲史)의 단계
생각이 찾아올 수 없는 금단의 보호구역

이런 사막에서 우리는 혼곤한 낮잠에 빠진 듯
생각이란 말을 잊는다
생각이란 말을 잃는다

# 사막에선 집을 짓지 않는다

석가모니 붓다의 간곡한 당부 말씀은
'그대들이여 집을 짓지 말라'는 것이다

아상(我相)의 집도
인상(人相)의 집도
중생상(衆生相)의 집도
수자상(壽者相)의 집도

모든 집은 만들어진 상(相)으로서 실상(實相)이 아니니
일체의 집을 짓지도 꿈꾸지도 말라는 것이다

다행히도 사막에선 집을 지을 수가 없다
어떻게 모래알로 집을 지을 수가 있겠는가

사막에선 누구도 집을 가질 수 없다
아무도 집을 짓지 않는데 어디서 집을 분양받을 수 있겠는가

사막에선 누구도 집을 짓겠다고 생각하지 않는다

집이 없어도 살 수 있는데 무엇하러 집의 청사진을 가방에 넣고
다니겠는가

# 사막엔 '늙은 영혼'*이 산다


인간으로, 목숨 가진 생명으로
더 이상 자신과 세상에 대한 희망과 기대를 품기 어려울 때


너와 내가 취할 수 있는 단호한 두 가지 방법이 있으니
그 하나는 자살이요, 다른 하나는 해탈이다


그러나……


'자살이 아니면 해탈'이라고 매일 밤 반복하여 복습을 해도
자살도 그렇거니와 해탈 또한 난제 중의 난제이다


이때 고요히 사막을 불러볼 일이다
그 사막에 온몸을 믿음의 사람이 되어 기대어볼 일이다


반쯤 자살한 영혼들이 모여 있는 곳
반쯤 해탈한 영혼들이 살아가는 곳


사막 수업 82장

그곳에 우리의 목숨과 삶을 의심 없이 맡겨볼 일이다


그러면 시나브로 자살이든 해탈이든 완성될 수 있는 곳
그러다 보면 길을 안내해줄 오래된 늙은 영혼 하나쯤 만날 수도
있는 곳



* '늙은 영혼'을 비롯하여 앞으로 몇 번 등장할 '어린 영혼', '젊은 영혼',
  '성숙한 영혼' 등과 같은 영혼의 이름과 개념은 마이클 뉴턴의 저서
  『영혼들의 여행』에서 부분적으로 차용하였다.

# 사막엔 무심한 만남이 있다

모래와 모래 사이가 그러하듯
오래된 늙은 영혼들 사이는 무정하고 무심하다

사막도, 오래된 늙은 영혼들도
욕망의 물기를 뿜으며 애욕의 사랑을 갈망하지 않는다
중력의 힘으로 타자를 끌어당기며 인력의 폭력을 쓰지 않는다

그들은 그저 무관한 듯 무정하게 존재하는 것이 함께하는 방식
이다
인력도 척력도 없이 무심하게 존재하며 그냥 사는 것이 함께하는
방법이다

# 사막엔 애증이 없다

애증은 어리고 젊은 영혼들의 일이다
몸을 섞고, 마음을 섞고, 인생을 섞으면서
고통의 길을 자진하여 통과하는 것이 그들의 과업이다


사막엔 애증이 없다
애증을 졸업한 늙은 영혼들이 일체의 낡은 경계를 해체하고 안식
중이다


사막엔 너와 내가 없다
너와 나란 이름에 신물이 난 늙은 영혼들이 낡은 의식을 태워버
리고 휴식 중이다

# 사막은 오아시스도 번거롭다


유치하고 젊은 영혼들은 오아시스를 찾아 떠나지만
늙은 영혼들은 오아시스가 사라질 날을 기다린다

오아시스의 사라짐은 생명의 질긴 윤회가 끝나고 있다는 신호
갈애(渴愛)하는 에너지가 완전히 증발된 담백한 지점의 표정

깊이 들여다보면 오아시스는 사막의 남은 업장이다
언젠가는 사라지기를 기대하는 묵은 역사의 한 꾸러미이다

# 사막엔 육탈의 바람이 분다

육탈은 살을 버리고, 뼈를 버리고, 마음을 버리는 길이다

육체에 깃든 육정, 골상에 깃든 육근, 그리고 마음에 깃든 육욕을
지워가는 길이다

이들의 버림과 사라짐과 지워짐의 여정에서 영성의 향기가 생성
되기 시작한다
그리고 그 향기는 이윽고 신성한 바람이 되어 사막 전체를 경계
없이 휘감고 돈다

육탈이 낳은 신성
그래서 사막의 바람은 언제나 가벼운 날개를 달고 자재하다

# 사막에서 회복하다

모든 질병의 근원은 '생심(生心)'이다
한 생각 일으키는 순간 질병은 발아된다

이 발아된 질병을 고질병으로 키워가면서
우리들의 생애는 비만하게 낡아간다

이 질병을 치유할 곳은 어디일까?
명의가 포진한 유명 대학병원일까?
도사들이 출몰하는 명산대천일까?

이러한 곳들을 찾아다녀도 질병이 낫지 않는다면
모르는 척 한가한 사막의 한가운데로 직입해볼 일이다
「생명의 서」를 썼던 청마 유치환이 열사(熱沙)의 끝이라 불렀던
저 머나먼 아라비아 사막의 한가운데로 직입해볼 일이다

# 사막은 무향의 물성이다

사막은 공간도 아니고, 시간도 아니다
사막은 형식도 아니고, 세상도 아니다

사막은 물성!
사막은 진동하는 리듬들!
사막은 일체를 환지본처(還地本處)시키는 지혜심의 파동들!

그곳에서 차원 이전의 무향의 향기가 난다
그곳에서 차원 이후의 무향의 떨림이 피어난다

# 사막은 생명을 기다리지 않는다

사막은 우리들이 그토록 애지중지하는
생명들을 넘어선 땅
생명들을 비켜선 땅

사막은 우리들이 그토록 번뇌하며 고통스러워하는
생명체보다 먼저 있던 땅
생명체보다 나중까지 있을 땅

사막은 우리들이 죽음 앞에서도 버리지 못하는
생명애의 욕구를 후원하지 않는 땅
어쩌다 찾아온 생명들이 있다면 단지 그들을 지켜보기만 하는 땅

# 사막은 단색이다

바다가 푸른색의 밀물 썰물로 단색화를 완성해 나아가고 있다면
　사막은 흙빛의 머뭇거림과 어눌함으로 단색화를 그려 나아가고
있다

이 땅의 가장 심오한 단색화의 대가는 바다와 사막이다
하늘은 이들보다 더 대단한 대가로서 명성이 천하에 자자하지만

바다와 사막이 만들어내는 단색화도 하늘의 단색화만큼 깊고, 높
고, 넓고, 화려하다

# 사막은 가볍다

가볍다는 것은 중력을 거슬러 비상한다는 것이다
중력을 거슬러 비상한다는 것은 자의식의 애착을 버린다는 것
이다

자의식의 애착심을 버린다는 것은 무엇일까
그것은 생명욕의 질기고 지독한 관성에 염리심(厭離心)을 느낀다
는 것이다

이 염리심은 우리가 사막으로 이주할 수 있는 첫 번째 필수 조건
이다
이쪽에서 저쪽으로 출가하듯 월담을 하게 하는 강력한 원천이다

석가모니 붓다께서 궁궐의 담을 넘어 유성출가를 하였듯이
생명애와 생명욕의 염리심은 높은 담을 넘어 사막으로 이주하게
한다

사막은 가벼운 곳!

사막은 월담한 자들이 이주한 곳!

그런 사막은 아무리 많은 이들이 모여들어도
진정 마음이 가난한 사람들의 나라처럼 가볍기만 하다

# 사막에선 거듭 죽는다

사막에 가면 누구나 죽음을 경험한다
그 아늑하고 평안하고 자연스러운 죽음이 거기에 있다


발자국을 뗄 때마다
풍경을 바라볼 때마다
사막의 냄새를 맡을 때마다
우리들의 감각은 죽고 또 죽는다
아니, 우리들의 마음은 죽고 또 죽는다


이런 죽음으로의 초대를 가장 강력하게 안내하는 사막이 있다
데스 밸리! 미 서부의 물기 없는 주검의 사막!
사람들은 죽음의 계곡이라는 거룩한 이름을 그곳에 찬탄하듯 헌
정하고
죽기 위해 그곳을 수시로 찾아간다


사막에서 거듭 죽고 돌아오는 사람은 '새사람'이다

잠시나마 옛사람이 가고 새사람이 되는 것이다

지상의 묵은 때를 털어버리고 천상의 새 기운을 입고 오는 것이다

# 사막에서 우주사를 본다

사막은 고고학을 넘어선다
사막은 물론 역사도 일찍이 넘어서 있다

사막은 인류사와 무관하게 흘러가는 우주사의 유역
하나님만이 운영할 수 있는 신비주의의 이역

사막에 지혜가 깃든다면 그것은 인류사를 넘어서 있는 까닭
사막에서 지혜의 답사가 가능하다면 그것은 인간적 해석을 넘어
설 수 있는 까닭

제2부
• • • •

그곳엔 아무것도 없다

# 사막에선 모두가 수기(授記)를 받는다

사막에 가면 누구나 수기를 받는다
당신도 진리의 사람이라는 기별이 오는 것이다

그 수기와 기별은 심연의 가슴이 열리는 일로부터 시작된다
닫혔던 마음이 열리면서 대우주와 하나가 되고
나갔던 영혼이 돌아오면서 진실이 찾아오고
얼었던 세포가 녹으면서 타자를 품기 시작한다

수기와 기별은 『법화경』의 주제어!
만유에게 붓다가 될 미래를 선사해준 축복과 축하의 말씀!

사막에서 우리는 그 흔적을 일깨우며 너도나도 다른 사람이 된다
수기를 받은 자로, 기별이라는 소식을 전해 받은 자로,
누구나 속 깊은 제 길을 찾아내고, 그 길을 가는 이가 되는 것이다

# 사막은 금강석으로 빛난다

지구 전체가 금강석이 될 때까지
지구별 전체가 '금강반야바라밀다'의 '저 언덕'이 될 때까지
지구의 모든 것을 다이아몬드처럼 고귀하게 꿰뚫어 볼 수 있을
때까지
지구의 어떤 것도 스스로 진광(眞光)으로 빛나는 것을 볼 때까지

사막은 무한의 모래알들을 깨어지지 않는 금강석의 빛으로 반짝
이게 하며
이 빛을 보라고,
이 원석을 읽어보라고,
이 모래밭에 진심을 심어보라고,
무언의 전도와 설법을 간곡하게 지속하고 있다

# 사막은 바라보는 곳이다

침입하지 않고 바라보아야 할 곳이 있다는 것
지배하지 않고 그냥 두어야 할 곳이 있다는 것
소유하지 않고 존재하게 해야 할 곳이 있다는 것
접근하지 않고 거리를 두어야 할 곳이 있다는 것
사랑하지 않고 무정하게 대해야 할 곳이 있다는 것

그런 곳이 있다는 것은 다행스러운 일이다
이들은 천방지축으로 일체에 간섭하는 인간들에게 '지계(持戒)의
선'을 가르치고
좌충우돌하며 제정신을 잃고 사는 인간들에게 '금기의 미학'을
가르친다

# 사막은 길을 반납한다

이것이 길이라느니
모든 것이 길이라느니
어느 것도 길이 될 수 있다느니 하는

세속의 담론들은 인간들의 취약한 꿈길을 유혹하는 허언(虛言)이다

길도, 도도, 진리도 모래바람처럼 아예 반납하고 해체하는 사막
에 서면
길이라는 말도, 도라는 말도, 진리라는 목소리도 부재처럼 잦아
든다

누구도 길을 말할 수 없는 곳
길이라는 말을 처음부터 반납하고 살아가는 곳

그런 사막에서 사람들은 모처럼 제자리를 길로 삼아 일생을 흔들
리지 않고 산다

길을 가지 않아도

길을 모르는 사람이 되어도

모든 것이 가능하고, 무사한 우주사 속에서 멈춤의 길과 지혜를 익힌다

# 사막은 옷을 입지 않는다

사막의 모래알들은 알몸이다
옷을 입지 않고 산다

옷을 입지 않아도 될 때까지
사막은 중심만을 직관하며 버리고 또 버리는 길을 걸어왔을 것이다

버림의 끝자락에 알몸이 있다
아무것도 필요하지 않은 본질이 있다

이런 사막의 모래알들이 내놓은 알몸의 자연스러움
그 편안함과 자유로움
그 유연함과 자재로움

무한한 알몸의 조소(彫塑)들이 하나의 세계를 이룩한 속 깊은 사
막을 몽상해보자
그 옷 없는 자들이 모여서 사는 이역의 풍경을 한계 없이 마음껏
상상해보자

# 사막은 저장하지 않는다

저장할 창고를 처음부터 만들지 않은 곳

바람은 스쳐서 지나가고,
비는 흘러서 내려가고,
태양빛은 놀기만 하고 떠나가는 곳

저장할 창고는 짐이 되거나 텅 비어버리는 곳

사막에서 사람들은
근심을 담아두면 모래 나라의 식구가 될 수 없고
미움을 키워가면 지평선과 마음의 키를 맞출 수가 없고
기쁨조차 아껴두면 교만이 움터서 체중이 불어날 뿐이다

# 사막은 줄 것도 받을 것도 없다

줄 것이 있으면 영혼이 교만해지고
받을 마음이 있으면 영혼은 유혹에 약하다

줄 것도 받을 것도 없는 온전한 상태

줄 것이 있어도 주지 않는 마음으로 살고
받을 것이 있어도 받지 않는 마음으로 사는 경지

청정한 물건을 청정한 마음으로 주고,
청정한 물건을 청정한 마음으로 받을 수 없다면,
일체의 주고받음은 위태롭고 어지러운 협상이고 거래이다

사막은 주지도 받지도 않는 무심의 땅!
줄 것도 받을 것도 없는 무정의 땅!

# 사막은 사람을 키우지 않는다


사막은 모래를 키우고, 바람을 키우고, 뜬구름을 키운다

사막은 적막을 키우고, 적요를 키우고, 적멸을 키운다

사막은 비현실을 키우고, 환상을 키우고, 신기루를 키운다

사막은 제 마음을 키우고, 제 진심을 키우고, 제 꿈을 키운다

사막은 사람을 키우지 않는다
그러므로 그곳에서 인생을 배웠다고 말하는 일은 경솔하다
캄캄한 밤에 홀로 일어나 배운 내용을 진지하게 퇴고해보아야 할
것이다

# 사막 아래엔 사하촌이 있다

지금은 업타운의 선비들이 다운타운으로 상인이 되어 이주하는
시대
아직 남은 업타운의 선비들도 정치를 하느라고 제 동네를 파괴하
는 시대

이익이 되면 아무 곳에나 길을 만들며 제 한 몸을 앞세우고 질주
하는 시대
질주의 종점에서도 멈추지 않고 다시 길을 만들며 이익을 따라
질주하는 시대

사막은 훼손시킬 수 없는 업타운의 표상이다
나귀를 몰고 실크로드를 만들며 대상들이 길을 휘젓고 횡단해도
업타운의 진면목은 미동도 하지 않는다

사막 아래에도 가끔씩 사하촌이 들어선다
그러나 그들은 사하촌의 경계를 넘어설 수 없다

사막이 그들을 허락하지 않기 때문이다


고전적인 대학은 세속의 다운타운이 범접할 수 없는 영혼의 지성
소이다
이런 대학에서 이제 총장을 하겠다며 진리를 오염시키는 사람
학장을 하겠다며 지성을 추락시키는 사람
그런 사실을 알면서도 투표 용지에 사인을 하는 슬픈 이들이 있다


이 시대의 대학은
이제 업타운의 영혼을 팔아버리고 다운타운의 세속적 중생계가
된 것인가
대학의 말법 시대를 보면서 사막의 고고한 영혼을 그리워하는 날
이다

# 사막은 버려진 땅이다

사막을 표제어로 실은 두터운 백과사전들을 들춰보면
합창하듯 아래와 같이 사막에 대한 정의를 내놓고 있다

"사막의 어원은 버려진 땅입니다"

인간으로부터 버려진 땅
인간의 마음으로부터 소외된 땅
인간들에게 쓸모가 없다고 무시당한 땅
생명체들이 죽을까 봐 이주를 꺼리는 땅
아무도 값을 쳐주지 않는 무상(無償)의 땅

이렇듯,

버려짐으로써 자신을 그대로 지킬 수 있는 세계가 있다
버려짐으로써 순정할 수 있는 세계가 있다
버려지기를 기다리는 역설의 세계가 있다

사막은 인간들이 버림으로써 완전하게 존재할 수 있던 땅
아무도 눈길을 주지 않음으로써 비켜나가 순결할 수 있던 땅

# 사막에 접속하는 시간이다

삶이 우리를 속이고
생활이 나날을 속이면

지도 바깥의 어디쯤으로 여겨지는 사막에 마음을 접속하고 숨을
고른다

산란했던 호흡이 정돈되는 시간
헐떡이던 숨결이 차분해지는 시간
뜨거웠던 숨길이 조금씩 식혀지는 시간이다

사막에 접속을 하고 홀로 그 세계의 일원이 되는 이 첫 새벽엔

비만했던 존재가 단아해지고
화가 났던 얼굴이 제 얼굴을 찾고
대화를 잃은 언어가 희망을 이야기해본다

요즘은 사막에 접속하는 시간이 잦아지는 나날이다
그만큼 내 삶이 격랑처럼 흔들린다는 뜻이다

# 사막은 젖지 않는다

아픔은 젖음이다
목숨을 가진 생명체들이 너 나 할 것 없이 아파서 젖는다

살고자 하기 때문이리라
살음은 아픔이다
아픔이 끝날 때까지 생명체들은 산다

삶이 궁극인 생명체들의 길
아픔이 운명인 생명체들의 탄생

여기,
나지도 죽지도 않는 생명체 바깥의 세계가 있다
젖지 않는 사막!
나지 않았으니 죽을 일도 없고,
살지 않으니 아플 일도 없는 곳!

젖지 않는 그 세계를 상상하며 아픈 하루를 견딘다

# 사막을 명상한다

사막에 지혜의 강물이 흐를 때까지
날숨의 길이를 장강처럼 늘려본다

들숨보다 날숨의 길이가 길어지기 시작하면
우리는 명상의 세계로 입문하게 되는 것이다

이런 날숨의 길이를 늘리면서
사막 앞에서도 바쁘기만 한
우리들의 마음을 다스려보자

날숨이
가슴을 지나, 단전을 지나, 발목을 지나, 발끝을 지나도록 해보자

다시 날숨이
지구를 빠져나가, 태양계를 빠져나가,
저 다른 은하쯤에까지 멀리 사라지도록 해보자

무한을 지닌 우리의 마음은 그 일을 충분히 해낼 수가 있다

# 사막으로 인문대학을 이주시키고 싶다

시인 김종삼의 명작인 「시인학교」에서
시인학교의 교사(校舍)는 '레바논 골짜기'에 있다

김종삼 시인은 이 '레바논 골짜기'를 '아름답다'고 하였다

"아름다운 레바논 골짜기"

그곳은 시 쓰기에 좋은 장소!
그곳은 시를 생각하고 가르치기에 좋은 장소!
그렇다면 그곳은 인문학을 공부하기에도 최적의 장소일 것이다

이 시대,
인문대학은 길을 잃고 있다
능력 있는 무모한 세속적 용사들이 인문대학까지 초토화시키고
있다

길을 잃고 초토화되는 인문대학이여⋯⋯

시장 바닥에서 조금씩 혼절하며 영혼을 잃어가는 인문학이
여……

큰마음 먹고,
죽어서 사는 대결정심으로
저 '버려진 땅', 순정한 사막으로 건물도, 운동장도, 교과목도 옮
겨보면 어떠할까?

# 사막엔 아무것도 없다

사막에 가서 무엇을 구하지 마라
사막엔 아무것도 없다

사막에서 위대한 신을 구하면 사막은 그 신으로 인하여 오염되고
사막에서 영생을 구하면 사막은 영생으로 인하여 얼룩진다

사막에선 아무것도 구하지 마라
사막엔 아무것도 없다

사막에서 철학을 구하면 사막은 철학으로 타락하고
사막에서 예술을 구하면 사막은 예술로 멸망하고
사막에서 진리를 구하면 사막은 진리로 흔들린다

제발 사막에선 아무것도 구걸하지 마라
그곳엔 아무것도 없다

사막에서 돈을 구걸하면 사막은 조폐공사가 되고

사막에서 명예를 구걸하면 사막은 명함공작소가 되고
사막에서 권력을 구걸하면 사막에 무서운 마천루가 들어서리라

제발 사막에선 아무것도 구상하지 마라
사막엔 구상할 한 물건도 없다
사막엔 도모할 한 장소도 없다

# 사막은 진화를 거부한다

사막은 이미 진화를 다 마친 땅이다
더 이상 진화할 숙제가 남아 있지 않은 땅이다

과학자들도 이 땅에선 연구할 것이 거의 없다
다윈의 두꺼운 책도 여기선 읽을 독자가 없다

사막은 다만 정신의 땅이다
인간이 정신적 진화를 갈망한다면
사막은 이를 데 없는 연구사의 보고(寶庫)이다

길을 잃고 허둥대는 이 시대의 인문학자들이 있다면
그리고,
하늘나라를 잃고 텅 빈 사원을 쓸쓸하게 지키는 수행자들이 있
다면
사막을 찾아가 경배하며 잃어버린 참마음을 찾아보고 만나볼 일
이다

제3부
· · · ·

# 그곳엔 아무 말도 없다

# 사막은 이름만이 사막이다

문장의 기본 문법은 주어와 술어가 결합하는 것이다

주어는 응시함으로써 탄생하고
술어는 간섭함으로써 만들어진다

그러나,
응시도 간섭도 생존의 기술이다

살고자 하는 생존욕이 응시를 발명했고
더 잘 살고자 하는 생명 욕구가 해석을 낳았다

사막은 인간들의 이런 응시와 해석을 바라지 않는다
인간들이 몰려와서 응시와 해석 놀이를 하고 떠나면
사막은 처음부터 본 바도 들은 바도 없다는 듯 뒷정리를 하고
오래전부터 하던 그의 일을 그대로 할 뿐이다

# 사막은 불모를 사랑한다

바람과 태양 아래서 몸을 완전히 말린 불모의 존재
육신이 없어서 의식주가 필요하지 않은 가난한 비존재
본질만이 남아서 계산할 외부가 필요 없는 무학자(無學者)의 영혼

이런 사막은
수렴(收斂)하는 늦가을과 같이 살기의 아름다움을 숨기고 있다
수장(收藏)하는 한겨울과 같은 결빙의 미학을 간직하고 있다

이런 사막은 마를 대로 말라서 아무것도 필요하지 않은 절대의
세계
김현승 시인이 찬탄한 절대 고독과 같은 세계

# 사막엔 낙타가 없다

사막은 사막 이외의 어떤 것도 지니지 않는 순수이다
사막 그 자체로 완결된 하나의 세계이다

사막에다 낙타를 그려 넣는 사람은 사막의 외부를 보는 자이다
사막에서 낙타에 마음을 빼앗기는 사람도 사막의 외부인이다

사막엔 낙타가 없다
사막엔 전갈도 없다
사막엔 인간도 없다

아무것도 지니지 않은 사막엔 스쳐가는 바람처럼 '스침'이 있을
뿐이다

# 사막은 편애하지 않는다

고고학자들이,
여행객들이,
무수한 방송사의 사막 탐험단들이
탱크 같은 지프차를 침략자처럼 몰고 사막으로 돌진한다

그러나 사막은 마음이 없다
누가 와도,
하나님의 사제나 하나님의 자녀가 와도
사막은 아무런 마음을 내지 않는다

알아서 잘 다녀가라고,
그대의 마음이나 보고 가라고,
실로 이곳엔 볼 것이 없다고,
보았다면 그대의 꿈을 보았을 것이라고,

사막은 아무 마음 없이 그들의 오고 감을 방관하며 허락하고

있다

진실로 온 것도 간 것도 없는 '불래불거(不來不去)'의 세계이다

# 사막은 아무렇지도 않은 곳이다

바람이 불면 바람 부는 대로
구름이 다녀가면 다녀가는 대로
햇볕이 내리쬐면 내리쬐는 대로
사막은 아무렇지도 않다

바람은 바람의 일
구름은 구름의 일
햇볕은 햇볕의 일

이 우주사의 경영은 그대로 그럴 뿐이기 때문이다

사막은 아무렇지도 않다
굵은 모래는 굵은 모래의 길을
가는 모래는 가는 모래의 길을
거대한 사구는 거대한 사구의 길을
작은 사구는 작은 사구의 길을 갈 뿐인 것이기 때문이다

누구도 대신할 수 없는 만유의 삶과 길

누구도 작위로 꾸며낼 수 없는 대자연과 대우주의 길

겸허한 동행과 순행만이 삶을 열어갈 수 있는 신비의 세계

# 사막은 멀다

청마 유치환이 '저 머나먼 아라비아의 사막'이라고 말한 것처럼
사막은 멀다

물리적으로 가까이 있는 사막도 멀기만 하고,
심리적으로 상상하는 사막도 멀기만 하다

그것은
사막의 좀처럼 흔들리지 않는 중심성 때문이리라
사막의 타협할 수 없는 평등심 때문이리라

인간의 길든 마음으로 바라보면 낯설고 아득하기만 하기 때문이
리라

# 사막엔 부러워할 것이 하나도 없다

사막은 모래 부자
사막은 바람 부자
사막은 태양 부자
사막은 구름 부자

사막은 쓸모없는 것들을 많이 가진 부자이다
전혀 돈을 주고 사지 않은 공짜의 것들로 이루어진 큰 부자이다

쓸모없는 것들이 있어서 부자가 된 사막
심령이 가난한 자가 복이 있다는 산상수훈을 믿는다면
가난한 부자인 사막에게 하늘의 복이 임할 것이다

# 사막은 주목받고 싶지 않다

사막에 큰 기대를 걸고 찾아오는 사람들이 사막은 걱정스럽다

사막에서 인생의 길을 최종적으로 찾겠다며 집으로 돌아가지 않는 사람들이 사막은 걱정스럽다

사막에 무엇인가가 숨어 있을 것이라며 그 숨은 것을 찾아다니는 사람이 사막은 불안하다

사막에는 아무것도 없다
사막은 어느 누구의 주목도 받고 싶어 하지 않는다

사막은 보이는 것이 전부이다
사막은 숨겨둔 것이 없다
사막은 오직 지구별의 다른 한 차원일 뿐이다

# 사막은 힘을 쓰지 않는다

본질만 있는 삶

잉여를 거두어낸 삶


그런 삶엔 아래로의 중력이 없고 위로의 부력이 없다

그런 삶엔 오른쪽으로의 악력이 없고 왼쪽으로의 방일이 없다


잉여가 없기에 힘을 쓰지 않아도 되는 곳

잉여를 구하지 않으므로 밀고 당길 필요가 없는 곳


사막은

완성된 극점 이후의 삶을

투명한 증류수의 초월처럼 허허롭게 사는 곳

# 사막엔 두려움이 없다

두려움은 모든 생명체의 치명적인 원격 조종자이다
일체의 생명체들은 무슨 말을 해도 죽을까 봐 매 순간 허둥대는
것이다
그 죽음에의 두려움이 인간과 생명체들의 무의식을 지배한다

무의식은 보이지 않아 신비하나 실은 두려움의 잔해들
유전자 또한 볼 수 없어 신비로우나 실은 두려움의 내비게이션
사막은 이런 일체의 생명들에게 아무것도 현실적으로 줄 것이
없다

그러나
굳이 무엇인가를 주고자 한다면
그것은 '두려워 말라'는 무외시(無畏施)의 메시지이다

무외시란 불가의 3대 보시행 가운데 하나이다
재물을 주는 재시도, 진리법을 알려주는 법시도 다 대단하지만

두려움을 없애주는 무외시야말로 보시행 중의 보시행이다


두려움이 줄어드는 만큼 삶은 편안하고 자유롭다

죽음에 대한 두려움이 옅어지는 만큼 삶은 사막에 가까이 다가가

있다

# 사막은 자급자족을 권유한다

생명체의 오래되고 노련한 삶의 근본 기술은
타자의 생명 에너지를 빼앗거나 구걸하는 것이다


빼앗음은 살생이고, 투도(偸盜)이며, 강탈이다
구걸함은 아첨이고, 아부이며, 노예가 되는 것이다


세계의 모든 법과 도덕은 이 두 가지 삶의 근본 기술을
탐구하고 다루는 일이다


빼앗고 싶은 마음, 도둑질하고 싶은 마음
구걸하고 싶은 마음, 노예가 되고 싶은 마음


이 그칠 수 없는 인간들의 치명적 약점을
인간사는 아직도 제대로 해결하지 못하고 있다
사막은 자급자족을 권유한다
아니, 권유하기보다 그것이 운명이라고 일러준다

자급자족의 정도와 두려움의 감소가 비례한다면
사막은 생명체의 두려움을 줄일 수 있는 최적의 연습장이다

# 사막에서 무엇을 훔칠 수 있겠는가

사막에서 훔친 모래는 돌아서는 순간 손가락에서 빠져나가고
사막에서 훔친 바람은 밤잠을 자는 동안 환영처럼 사라지고
사막에서 훔친 태양은 밤이 되자마자 죽음처럼 사라진다

그런가 하면,
사막에서 훔친 풍경은 사진틀 밖으로 튀쳐나가고
사막에서 훔친 하늘은 가져올 필요가 없는 편재(遍在)한 진리
이다

사막에서 훔친 철학은 철학을 버려야 철학이 된다는 역설로 변
하고
사막에서 훔친 신성은 우리들 마음속에 있으니 굳이 가져갈 필요
가 없다

사막에서 훔친 경전도 전자책이 되어 영생불멸하니 지고 다닐 필
요가 없고
사막에서 훔친 여행담도 서점마다 넘쳐나니 그 흔한 것을 가져올

까닭이 없다

사막은
아무것도 훔칠 수 없는 곳
어떤 것도 훔칠 마음을 낼 필요가 없는 곳
그런 마음을 내자마자 짐이 되어버리는 곳

# 사막엔 흔적이 없다

모래 언덕에 제 이름을 새기는 사람
모래 바람 속에 제 광기를 내던지는 사람
태양 아래서 잠든 열정을 일깨워 불태우던 사람
얼어붙은 겨울날에 밤하늘을 차가운 눈으로 응시하던 사람

이런 사람들의 인간적 간절함을 사막은 기억하지 못한다
이런 사람들의 인간적 몸부림을 사막은 담아두지 않는다

사막은 일체를 아무렇지도 않게 만들어버리는 곳
흔적이라는 인간들의 언어를 처음부터 알지 못하는 곳

# 사막의 찰나가 있다

사막은 위대한 무도 아니요
고상한 허무도 아니다

사막은 난해한 상징도 아니요
친근한 사물도 아니다

사막에서 너무 흥분하지 마라
사막에서 지나치게 비장해지지 마라
사막에서 놀랄 만큼 특별해지지 마라
사막에서 없는 것을 보았다고 자만을 부리지 마라

오직 사막엔 사막의 찰나가 있을 뿐이다
찰나생 찰나멸의 놀라운 율동이 고요하고 한가하게 있을 뿐이다

# 사막은 사막의 것이다

사막에 꽃이 피면 그것은 사막의 일이다
사막의 모래알이 풍화되면 그것 역시 사막의 일이다

인간들이 사막을 찾아간다고 해도 그곳이 인간의 땅일 수 없고
인간들이 여행을 떠났다 하여도 그곳이 인간들의 여행지일 수 없
다

사막은 그저 제 일을 하고 있을 뿐이다
꽃이 피는 것도 사막의 일이요
모래알이 풍화되는 것도 사막의 일일 뿐이다

사막의 밤을 맞이하는 것도 사막의 일이요
사막의 새벽을 맞이하는 것도 사막의 일이다

# 사막에선 말할 수 없다

사막은 아무렇지도 않다
황량한 것도 아니며 화려한 것도 아니다

사막은 아무렇지도 않다
장엄한 것도 아니고 비루한 것도 아니다

사막은 아무렇지도 않다
놀랄 만한 것도 아니고 단조로운 것도 아니다

사막은 정말 아무렇지도 않다
어떤 인간적 해석도 사실이 될 수 없는 비인간의 땅이다

제4부
. . . .

그곳엔 아무 값도 없다

# 사막은 대지의 연금술이다

지수화풍(地水火風)이라는 사대(四大)
지수화풍공(地水火風空)이라는 오대(五大)

사막은 대지가 만든 연금술의 표상이다

바다가 물이 만든 연금술의 절정이듯,
노을이 불(火)이 만든 연금술의 예술이듯,
그리고 생명의 숨결이 바람(風)이 만든 비경이듯,

사막은 흙이 만든 연금술의 한 경지이다

# 사막은 바다를 그리워하지 않는다

마를 줄 모르는 물의 땅
젖을 줄 모르는 모래의 땅

바다와 사막은 지구별의 양극단이다

그러나
바다가 사막을 그리워하지 않듯
사막 또한 바다를 그리워하지 않는다

바다가 모래의 길을 넘어서 물의 온전한 길을 열었듯이
사막 또한 바다의 길을 넘어서 모래의 온전한 길을 열었기 때문
이다

서로가 서로를 그리워하지 않는 세계
저마다의 온전한 세계 속에서 자신의 길을 제 모습으로 가는 삶

바다와 사막은 너무나도 깊게 연관된 지구별의 두 인연이지만

바다가 사막을 그리워하지 않듯

사막 또한 바다를 그리워하지 않는, 고차원의 두 세계이다

# 사막은 나이를 모른다

달력이 없다면 우리가 어떻게 나이를 알 수 있을까?
기억이 없다면 우리가 어떻게 시간을 소유할 수 있을까?

달력과 기억은 인간들의 두뇌가 만든 환상, 의식의 생존 장치!

그러므로 인간들의 무의식은
달력을 거부하고, 기억을 지우고, 문명을 모른 체한다

인간이 아닌 사막은 처음부터 자신의 나이를 모른다
인간을 떠난 사막은 나중까지 기억을 장착하지 않는다

사막은 생존의 어떤 작위도 만들지 않고 살아가는
이 세계의 도구 없는 존재이자 대책 없는 용사(勇士)이다

# 사막이 점점 넓어진다

사막에 마음을 포개는 존재들이 많은가 보다
사막을 이해하고 애호하는 존재들이 늘어나는가 보다


사막을 꿈꾸며 동경하는 자들이 늘어나는가 보다
사막이 되고 싶어 이주 계획을 세우는 자들이 많아지는가 보다


사막 앞에서 전율하는 자들이 수많은 표현물들을 만들어내는가
보다
사막을 보며 감동하는 자들이 수행자처럼 길을 떠나는가 보다


그러니,
이 지구별에 사막이 넓이를 키워간다고 걱정하지 말 일이다
이 지구별의 사막화 현상을 너무 비관할 일이 아니다


사막은
이 시대의 정신의 녹색지대이다
무엇과도 순도를 견줄 수 없는 고도의 영혼의 그린벨트이다

# 사막에선 살생심이 사라진다

이미 죽은 모래를 어떻게 또 죽일 수 있겠는가
이미 망가진 해골을 어떻게 또 망가뜨릴 수 있겠는가

이미 말라버린 나뭇가지들을 어떻게 또 해칠 수 있겠으며
이미 시들어버린 풀들을 어떻게 또 짓밟을 수 있겠는가

사막에선
생명의 원천이자 독심인 살생심이 사라진다
이런 살생심의 학술어인 심리적 공격성이 무력해진다

연(緣)이 인(因)에 영향을 미치는 것이 인연법이라면
사막은 강력한 연(緣)으로써 우리의 인(因)을 바꾸게 하는
거대한 인연법의 감격적인 실험장이다

# 사막은 호객하지 않는다

호객은
타자의 육신과 재물과 영혼을 도둑질하려는 모험이다

호객에서
모든 존재는 객체이자 대상인 외부로 전락한다

호객은
호객하는 사람의 외연을 넓히는 것 같으나 그 내질은 원시적이다

만유는 살려는 욕망만큼 호객을 한다
그러니 이 땅의 모든 생명체들은 멈출 수 없는 호객의 길을 간다

사막에 호객의 기운이 없다면
그것은 사막이 오랫동안 죽음의 길을 이미 걸어왔기 때문이다

그런데,
그 죽음의 길이 부르지 않았는데도 사람들을 모여들게 한다

# 사막은 표리가 없다

사막은 감추지도 않고 드러내지도 않는다
감춤과 드러냄, 축소와 과장, 이면과 표면이 따로 없다

이원성을 배우지 않은 곳
이중성이 필요하지 않은 곳
기교와 전략을 쓰지 않는 곳
보이는 것이 그대로 그 자신의 안팎이고 전부인 곳

그것은
과잉과 결핍이 없는 본질만의 삶을 살아가기 때문이리라
어느 것도 끌어들이지 않는 제정신이 있기 때문이리라
어느 것에도 유혹되지 않는 중심이 살아 있기 때문이리라

이런 사막에선 다른 생각을 할 필요가 없다
그저 단순하게 느끼고, 바라보고, 마주하면 된다
그저 안심하고 쉬면서 허공이나 만지며 놀면 된다

# 사막에 바벨탑이 있다

사막에 바벨탑을 세우면 누가 그것을 보겠는가

사막은
윤회를 마친 단념의 땅이지 않은가
생의 둘레길을 다 걸어본 늙디늙은 영혼들의 땅이지 않은가

그럼에도 불구하고 사막에서 영생을 구하는 사람들이 있다
피라미드 속의 파라오들
라스베이거스 도박장 안의 게이머들
거대한 신전 속의 만신들

사막은 영생 같은 것을 생각하지 않는다
사막은 일확천금의 행운을 줄 힘이 없다
사막은 어떤 존재의 숨은 궁전도 될 수 없는 표리 없는 세계이다

# 사막에선 누구나 조용해진다

내가 씨앗을 심고 곡식을 가꿀 수 없다는 무력함 앞에서
사람들은 시나브로 조용해진다

내가 우물을 팔 수도, 물을 구할 수도 없다는 불가함 앞에서
사람들은 시나브로 조용해진다

내가 모래를 옮길 수도, 모래를 모을 수도 없다는 불가능 앞에서
사람들은 시나브로 조용해진다

사막에서 우리는 우리들의 무능과 무지의 실상을 본다
그리고 저도 모르게 조용해진다

무력함을 아는 자에게 복이 있다면
사막에서 조용해진 인간들에게 잠시나마 청복(淸福)이 임할 것
이다
사막에서 물러설 줄 알게 된 자들에게 하늘의 축복이 임할 것이다

# 사막에선 누구나 고요해진다

사막은 우리의
물리적 생존을 제어하지만
정신적 성장을 부추긴다

사막에서
우리의 에고는 무능한 자의 조용함을 경험하지만
우리의 영혼은 크나큰 세계를 본 자의 고요함을 품는다

삶이란
세 끼의 밥이 해결된다면 저만의 길을 홀로 가볼 수도 있는 곳

사막에서 우리는
조용해지면서 고요해지는 저만의 길을 따라가볼 수 있다
고요해지면서 조용해지는 저만의 삶을 꿈꾸어볼 수 있다

# 사막은 숨을 곳이 없다

숨을 곳이 없이 어떻게 살 수가 있겠는가
내 방, 내 집, 내 나라
전의식, 무의식, 아뢰야식

숨을 곳을 만들며 인간들이 산다
일기장, 비망록, 발표하지 않은 원고
아이디, 저금통장, 비밀번호, 비밀자금

우리들은 모두 알고 있지 않은가
유치했던 어린 시절
두 손으로 얼굴을 가리며 숨어서 울 곳을 만들었던 그 사실을
벽에다 얼굴을 대고 보이지 않게 등을 돌리며 숨었던 사실을

그런데
사막은 숨을 곳이 없다, 숨길 마음도 없다
천지간에 존재가 대낮처럼 환하게 드러나는 순양(純陽)의 세계

이다


　사막에서 우리가 물기를 말리고 심지를 굳건히 세울 수 있다면
　그것은 이런 순양의 기운 때문이 아닐까


　사막에서 우리가 음지의 마음을 벗어나 대낮처럼 밝아질 수 있
다면
　그것 역시 이런 순양의 충격 때문이 아닐까

# 사막에서 모래들이 유유상종이다

숲속에서 나무들이 유유상종이다
서로 속삭인다

바다에서 물고기들이 유유상종이다
서로 왕래한다

들녘에서 곡식들이 유유상종이다
서로 안부를 묻는다

도시에서 인간들이 유유상종이다
아파트 단지의 소식지를 만들어 집집마다 돌린다

사막에선 모래알들이 유유상종이다
바싹 몸을 붙이고 서로 일체인 듯 이심전심이다

# 사막은 무소득의 공터이다

대도시로 사람들이 몰려든다
생존을 조금 더 보장받을 수 있다고 믿기 때문이다

대도시의 집과 빌딩들이 포개져서 빼곡하다
여백을 허용하는 것은 손해나는 일이기 때문이다

대도시의 상점들이 여닫는 시간을 정확히 적어놓는다
타인의 발걸음을 헛되게 하는 것이 매우 큰 허물이기 때문이다

도시인들이 시급을 계산하고, 일급을 계산하고, 주급을 계산한다
계산만이 무용한 여백을 없애는 일이기 때문이다

사람들이 계약서에 지워지지 않는 사인을 한다
계약만이 서로 간의 언어에서 여백을 줄일 수 있기 때문이다

여백이 없는 대도시가 질식 중이다
사막을 진지하게 불러서 소중하게 품어볼 시간이다

# 사막에서 돌아와 숙면하다

불면증은 과욕이 만든 질병이다
과욕이 근심을 낳고, 근심이 불안을 낳고, 불안이 불면을 낳는다

사막에서 우리의 욕망은 조절된다

사막에서
한 며칠 상기된 욕망을 달래고 귀가해보자

그러면 거친 음식도 맛이 있고
허술한 방에서도 깊은 잠에 빠지리라

그리하여 건강한 새 인생이 시작되리라

# 사막에서 존재를 씻는다

동네마다 모래사막이 어린이 놀이터에 있다
해가 질 때까지 아이들이 이 작은 모래사막에서 논다

이런 사막을 품은 마을은 그곳을 성소처럼 아끼고
어른들도 가끔씩은 그곳을 찾아가서 탁해진 영혼을 맑힌다

사막은 그 본성으로 우리를 씻긴다
인간의 마을에서 해결되지 않는 큰 번뇌가 있다면
거대한 야생의 사막을 다녀올 일이다

시간이 허락된다면
그곳에서 한 며칠 사막의 사람이 되어 살아보고 올 일이다

# 사막의 율법은 최소를 지향한다

생존 기술이자 삶의 기술은 무한하니
어느 것이 더 낫다고 말하기란 쉽지 않다

최대를 지향하는 율법과 최소를 지향하는 율법도
비교할 수 없는 등가성(等價性) 속에 있을 것만 같다

그런 중에, 사막의 율법은 최소를 지향한다

사막의 식구인
모래알들은 더 작은 모래알로 부서지고
몸체가 작고 여린 나무들은 클 수 있어도 크지 않고
지표면에 주소를 둔 풀들은 번식할 수 있어도 번식을 자제한다

낙타 또한 그러하다
그는 물통을 한두 개 지고 다닐 뿐 다른 짐이 없다

사람들 또한 그러하다

그들은 고행승처럼 천막집과 몇 가지 살림 도구로 살아간다

사막의 방문자 역시 그러하다
그들 또한 저도 모르게 몸집과 살림살이를 줄이면서 일정을 마친다

제5부
· · · ·

그곳엔 아무 마음도 없다

# 사막에서 외경을 배운다

끝을 보여주지 않는
끝이란 본래 없는 것 같은 그 자리에서
우리들은 외경의 마음으로 무한을 경험한다

닫힌 공간이 없는,
막힌 세계가 없는 그 상상적 세상 속에서
우리들은 세계가 하나 된 풍경을 경험한다

방해하거나 방어해서는 안 될 것 같은
있는 그대로를 지켜야 할 것 같은 그 순정한 사막에서
우리들은 일체가 두렵고 존경스러운, 드문 경험 속에 빠진다

# 사막에서 귀가하다

사막에서 우리는 표면을 떠도는 유목민이 아니다
사막 앞에서 우리는 멈출 수밖에 없다

멈춘 자인 우리는 저도 모르게 그곳에서 본래자리로 귀가한다
존재의 근원과 궁극을 사유하며 제자리를 찾는 것이다

사막의 멈춘 자리에서
길을 안내하는 내비게이션은 장난감 같다
그것은 인간의 욕망이 클릭한 곳을 안내하는 도구이기 때문이다

사막에선 한결같이 우주적 방향을 가리키는 나침판이 하나쯤 있
어야 한다
우주의 방향은 우리의 욕망을 교정하는 길이다
우리의 심연 속에 잠자는 참마음을 일깨우는 길이다

# 사막에서 허열이 내리다


허열은 본래자리를 잊어서 허약해졌다는 경고
허열은 객수인(客愁人)의 수심이 커지고 있다는 신호
허열은 손님이 주인처럼 생의 수레바퀴를 굴렸다는 소식


허열은 생의 수레바퀴가 공회전을 하며 허덕였다는 징표
허열은 생의 마차에 짐을 과도하게 실었다는 계산표
허열은 내달음만 칠 뿐 돌아보지 않았다는 결산표


사막에서
우리들의 허열은 조금씩 내린다


누구도 일할 수 없는 무사한 불모의 땅에서
우리들의 헐떡이던 마음은 겨울날의 대지처럼 초연해지기 시작
한다

# 사막에서 엔트로피를 낮추다

사막에서 과부하가 걸린 기계처럼 뜨거워진 마음을 식힌다
사막에서 고장 난 기계처럼 덜컹거리는 마음을 진정시킨다

사막에서 더 이상 내디딜 수 없는 지친 두 발을 쉬게 하고
사막에서 더 이상 꿈을 꿀 수 없는 무력해진 마음을 다독인다

사막은
엔트로피를 낮추기에 좋은 장소
사막은
엔트로피를 제로 지점으로 돌이킬 수 있는 장소
사막은
엔트로피라는 말을 아예 잊게 만드는 무생(無生)의 사지(死地)

# 사막에서 스스로 그러해진다

『노자 도덕경』 25장의 우주적 통찰이 깃든 한 구절을 떠올려본다
"인법지(人法地) 지법천(地法天) 천법도(天法道) 도법자연(道法自然)"

사막에서
우리는 인간의 위치를 재조정한다
땅과 하늘과 도리와 자연이 깃든 대우주 속에서 인간을 본다

그 사막에서
인간들은 천지와 도리는 물론 스스로 그러한 자연세계가 되고
인생이란 사는 것이 아니라 살아지는 것임을 사무치도록 느끼게
된다

# 사막은 사회법을 모른다

사회란
인간의 진화사 속에서 만들어진 하나의 작품


사회가 없어도 목숨의 유지와 확장이 가능하다면
인간들은 벌써 사회를 포기했을 것이다


사회는 인간들이 어쩔 수 없이 지니고 다니는 부록
부록은 언제든지 사라질 운명을 갖고 있다


부록인 사회적 삶 때문에 인생이 고달프다
사회적 생을 익히느라 인생이 피로하다


사막엔 사회가 없다
사회가 없어도 모래알들은 제각각 무사하고
사회 공부를 하지 않아도 모래알들은 아무 일이 없다


사막 수업 82장

# 사막에서 사라지다

사막에 가면
나는 달콤하게 사라진다

사막 앞에서
나는 아늑하게 사라진다

얼음이 녹듯
바위가 부서지듯
나는 사막을 바라보며 꿈 없는 사람처럼 사라진다

사라진다는 것은 얼마나 큰 축복인가
사라진다는 것은 얼마나 큰 이법인가
사라진다는 것은 얼마나 놀라운 경지이고 경험인가

# 사막은 기교 없이 산다

생명체의 진화사는 기교의 진화사이다
살고자 하는 욕구가 기교를 낳고
기교의 누적이 진화사를 이룩한다

인간 또한 지구별의 놀라운 생명체가 아닌가
그 인간 생명체의 진화사는 기교사와 비례하고
그 기교사의 폭발은 생명체의 성공사를 암시한다

호모 파베르!
인간은 탁월한 기교를 만드는 놀라운 존재이다
기교가 인간을 우월하게 하였고
기교의 투쟁이 인간사의 중심이다

사막은 기교의 극점에 이른 존재이다
더 이상 기교를 필요로 하지 않는 기교 너머의 존재이다

사막은 기교 없이 산다

그러나 사막이 거쳐 온 기교의 길이 잊혀질 수는 없다
기교가 무의미해진 진화의 어느 지점에서
사막은 기교 없이 살아가고 있는 것이다

# 사막에서 눈물이 흐르다

사막을 보면 가슴이 뻐근해지면서 눈물이 핑 돈다

핑 도는 눈물의 시간 속에서
몸의 굳은 안쪽으론 이른 봄 개울물 소리 같은 것이 흐르고
닫힌 영혼 속으론 해풍 같은 시원의 바람이 깃든다

눈물이 절로 핑 돈다는 것은
한 존재가 열린다는 것
하나의 영혼이 희망 쪽으로 몸을 돌렸다는 것
한 생명체가 살아날 수 있는 문을 열었다는 것
일체를 품어 안는 자비의 따스함이 깃들기 시작했다는 것

# 사막엔 고독이 없다

고독도 만들어진 것
학습되고 전파된 것
인간 진화사가 만들어낸 한 파편

사막엔 고독이 없다
사막도, 사막 속의 생명체들도 고독하지 않다
인간 또한 그곳에서 고독하지 않다

아무것도, 아무도 고독하지 않은 사막에서
고독은 할 일 없는 인간들이 배낭에 담고 온 잉여
수사학을 좋아하는 인간들이 언어 속에 담고 온 장식물
사서 고생하는 인간들이 스스로 만든 짐 덩어리이다

사막엔 고독이 없다
고독은 사막의 말도, 우리들의 말도 아닌
루머처럼 떠돌아다니는 범속한 세상의 언어적 파편이다

# 사막에서 부끄러움을 잊다

아담과 이브가 벗었어도 부끄럽지 않았다는 에덴 동산
그곳에서 사람들은 눈이 어두워 너와 나를 분별하지 못하였다

눈조차 실은 인간 진화사가 빚어낸 욕망의 산물
눈이 밝아 있는 한 인간들은 분별을 놓을 수 없다

사진작가 김미루가 사막에서 분별과 부끄러움을 내어던졌다
분별하지 않아 부끄러움을 모르는 상태가 거기에 있었다

사막이 그를 이런 세계로 이끌었을 것이다
아니,
그가 먼저 이런 세계를 찾아 나섰을 것이다

사막을 찾아가서 사막을 만난 김미루에게서
분별은 두 눈의 욕망이 만들어낸 순간의 작란이고
부끄러움은 있지도 않는 인간사의 인식적 해프닝이다

사막에서 우리는 모처럼 그 지독한 분별심을 잊는다
그리고 분별심이 낳은 근거 없는 부끄러움의 짐을 내려놓는다

# 사막은 궁금하지 않다

아무것도 질문할 것이 없는 삶
궁금한 것이 아무것도 없는 삶
근심할 일이라곤 찾기 어려운 삶
걱정할 일 또한 전혀 없는 삶

과거로 돌아가지 않는 삶
미래가 염려되지 않는 삶
기억에 이끌리지 않는 삶
의욕으로 흥분하지 않는 삶

관계를 도모하지 않는 삶
호승심으로 미열이 나지 않는 삶
너라는 이름을 기억하지 못하는 삶
우리라는 말도 써본 적이 없는 삶

시비를 따지느라 밤을 새우지 않는 삶
호오를 가리느라 머뭇거리지 않는 삶

득실을 계산하느라 갈등하지 않는 삶
경계를 재느라 측량사를 부르지 않는 삶

늘 아무렇지도 않은 삶
늘 제자리에 있는 삶
늘 온전한 삶

# 사막은 살지 않는다

생명 가진 것들이 사막에서 쩔쩔매는 것을 보면
사막이 생명보다 근본적이고 믿음직하다

생명 가진 것들이 사막을 찾아가 꿈꾸는 것을 보면
사막은 생명보다 어른스럽고 오래된 존재이다

생명 가진 것들이 서쪽 사막에서 동쪽 초원으로 이동하는 것을
보면
사막은 생명들의 헛된 교만을 미리부터 직관하고 있던 존재이다

사막은 살지 않는다
그러므로
사막은 죽지도 않는다

오직 '있을' 뿐인 사막은
생명들의 생사 같은 것에 크게 마음 쓰지 않는다

사막이 있고

사막이 있을 뿐이고

사막의 있음에 우주적 비의가 한 가닥 있을 뿐이다

# 사막은 인간사의 다른 문맥이다

사막에서 인간과 인간사를 다른 문맥 위에 놓아본다
인간과 인간사의 무게가 다이어트한 몸처럼 줄어든다

사막에서 인간과 인간사를 있는 그대로 꿰뚫어 본다
인간과 인간사의 영역이 바늘구멍처럼 좁아든다

사막에서 인간과 인간사를 풍경처럼 바라본다
갑자기 하늘을 가로질러 날아가는 한 무리의 새 떼처럼 무심해진다

사막에서 인간과 인간사를 괄호 속에 넣어본다
세상이 이전보다 조용해질 뿐 아무 일이 일어나지 않는다

사막에서 인간과 인간사는 소수자가 된다
사막에서 인간과 인간사는 부재여도 괜찮다
사막에서 인간과 인간사는 다시 정립된다
사막에서 인간과 인간사는 제모습을 찾는다

# 사막은 해석을 버린다

은유라는 질병
상징이라는 폭력
해석이라는 망령
기호라는 농담


사막은 이런 인간적 도구로 오염되지 않는다
어떤 은유도 모래알들의 금강빛 앞에서 좌절된다
어떤 상징도 모래알들의 무력(無力) 앞에서 해체된다


어떤 해석도 사막의 무경계 앞에서 언어를 잃는다
어떤 기호도 사막의 무심함 앞에서 힘을 잃는다


사막은
인간들의 두뇌로 접근할 수 없는 세계
인간들의 인지로 어찌할 수 없는 세계
인간들의 문화와 언어로 함께할 수 없는 세계
인간들의 기술로 마음을 움직여볼 수 없는 세계

# 사막은 건널 수 없다

사막은 다리가 아니다
이쪽과 저쪽을 이어주는 수단이 아니기 때문이다

사막은 장애물이 아니다
넘어서 도달해야 할 목표를 갖고 있지 않기 때문이다

사막은 지배해야 할 이국이 아니다
한 번도 문을 닫아놓은 바가 없기 때문이다

사막은 인간의 의지에 물들지 않는다
인간들이 바람처럼 스치는 우연이 있을 뿐이다

# 사막에서 욕계 너머를 본다

사막은 존재할 뿐이다
그러나 그 존재 방식은 낯설기만 하다


사막이 존재하는 세계는 적어도 욕계 너머의 어디쯤
그의 존재 방식은 욕계의 욕정이 범접하지 못하는 모습


석가모니 붓다는 우리들이 사는 이 세상을 욕망이 주도하는 욕계
라고 하셨다
지옥-아귀-축생-아수라-인간-천상으로 이어지는 이 세상에서
우리들은 감인(堪忍)해야만 살 수 있다고 알려주셨다


사막은 이런 욕계를 벗어난 땅
욕망의 드라마로 얽히고설킨 이 땅을 벗어난 이역


사막은 이런 욕망을 쓰지 않는다
그런 욕망이 처음부터 작동하지 않는다
그저 욕계 너머에 깨끗한 몸으로 존재할 뿐이다


그곳엔 아무 마음도 없다  131

# 사막으로 이주하다

다시 봄이 되어도 싹이 트지 않는 곳
욕망의 윤회가 끝난 곳

또다시 봄이 되어도 생명을 낳지 않는 곳
욕망의 불길이 사라져버린 곳

어느 계절에도 생명을 키우지 않는 곳
위태로운 생명들의 카르마를 바닥까지 읽어낸 곳

생명쯤이야 지구사 속의 단막극이라 생각하는 곳
그 생명들의 희비극을 지표면의 일이라고 여기는 곳

이렇듯
욕계 너머를 사는 사막의 한 켠으로 이주하고 싶다
자리를 바꾸어 삶을 도약시키고 싶다

인연의 조합이 세계를 만드는 것이라니

부족하기만 한 나의 '인(因)'을 사막이란 탁월한 '연(緣)'의 환경 속에 배치해보고 싶다

　　이런 사막에 이주하여 한 며칠이라도 다르게 살아보고 싶다
　　이런 사막에서 욕계의 소식을 단절하고 무사한 시간을 가져보고 싶다

## 정효구 鄭孝九

1958년생. 충북대학교 사범대학 국어교육과를 졸업하고, 서울대학교 대학원(국어국문학과)에서 석사학위와 박사학위를 받았다. 현재 충북대학교 국어국문학과 교수이며 문학평론가이다. 시와시학상과 현대불교문학상을 수상하였다. 첫 저서인 문학평론집 『존재의 전환을 위하여』(1987) 이후 『불교시학의 발견과 모색』(2018)에 이르기까지 다수의 평론집과 학술서를 출간하였다. 이번에 출간하는 『사막수업 82장』은 『마당 이야기』(2008), 『맑은 행복을 위한 345장의 불교적 명상』(2010), 『다르마의 축복』(2018), 『바다에 관한 115장의 명상』(2019), 『파라미타의 행복』(2021)에 이어지는 여섯 번째 명상 에세이집이다.

# 사막 수업 82장

초판 1쇄 인쇄 · 2022년 11월 10일
초판 1쇄 발행 · 2022년 11월 21일

지은이 · 정효구
펴낸이 · 한봉숙
펴낸곳 · 푸른사상

주간 · 맹문재 | 편집 · 지순이 | 교정 · 김수란, 노현정 | 마케팅 · 한정규
등록 · 1999년 7월 8일 제2−2876호
주소 · 경기도 파주시 회동길 337−16 푸른사상사
대표전화 · 031) 955−9111(2) | 팩시밀리 · 031) 955−9114
이메일 · prun21c@hanmail.net
홈페이지 · http://www.prun21c.com